Gianluca Villano

Saga della Corona delle Rose
storie dei personaggi
L'Ancella di Crios

Titolo | Saga della Corona delle Rose – storie dei personaggi - L'Ancella di Crios
Autore | Gianluca Villano
Immagine di copertina | Livia De Simone
Immagini interne | Valentina Danieli
ISBN | 978-88-27800-66-9

Youcanprint Self-Publishing
Via Roma, 73 - 73039 Tricase (LE) - Italy
www.youcanprint.it
info@youcanprint.it
Facebook: facebook.com/youcanprint.it
Twitter: twitter.com/youcanprintit

dedicato ai miei lettori

PREFAZIONE "L'ANCELLA DI CRIOS"

Come ogni saga che si rispetti, anche il mondo della *Saga della Corona delle Rose* è un universo assai articolato e complesso.

In questo universo ci sono geografie uniche, luoghi misteriosi e pieni di pericolo, esseri dai poteri straordinari che convivono con persone normali, leggi che dominano questa parte del "creato" unica e carica di magia.

Nell'*Ancella di Crios* il lettore farà la conoscenza di due personaggi che appaiono subito sfaccettati e carichi di emozioni.

Crios e Siraia vivono a Muelnor. Siraia è un'Ancella del Servizio, donne solitamente di umili origini che vengono offerte come "schiave", diventando Badanti, agli Oblati, i quali sono soliti usare queste giovani donne per il loro piacere.

Crios è un Oblato, ma non è come tutti: non ha in sé quella crudeltà e tracotanza, tipica di questa casta di privilegiati, destinati a diventare Divoratori.

Infatti l'aitante Oblato sembra nutrire una sincera attrazione nei confronti della sua Badante, al punto che vorrebbe che la giovane si concedesse a lui non perché obbligata da costrizioni e sortilegi, ma perché realmente desiderosa.

Si sa, l'amore porta a compiere gesti inusuali, a volte estremi, senza permettere di avvertire il pericolo di certe scelte o gli effetti che queste potrebbero scatenare.

In questo racconto breve è racchiusa una storia densa di *pathos* e passione, di sentimenti che ribollono come lava e di desideri che si pagano a caro prezzo.

Con una scrittura trascinante, l'autore ci fa conoscere una realtà fantastica, in pieno stile fantasy, in cui Oblati, Custodi, Adoratori e altri mitici personaggi, si muovono tra le mura di Muelnor, città maestosa i cui confini sono lambiti da fiumi di lava e da portali incantati.

Un mondo sbalorditivo nel quale sarà facile lasciarsi trascinare.

HRBOR
Regno dell'Haorian
Reami di Farnor
Boschi di Etherya
Catena della Dorsale
Bosco d'Inverno
Pozzo di Ghorla
Foresta del Lungo Respiro
Fortezza del Passo di Vannous
Ilisha
Mockhath
Monti dell'Uncino
Paglund
Tayir
Irshut
La città d'alabastro
Ridra
Bosco del Silenzio
Minhir
Boschi di Engriell
Orekla
Foresta d'Argento
Voslenia
Moladran
Camoth
Restir
La Ferita del Mondo
Muelnor
Monte Torre
Foresta dell'Eterna Notte
Paludi di Grisia
Miniere di Norback
Montagne del Lupo
Bosco d'Autunno
Il Lungo Artiglio
Foresta del Re Fantasma

1 - Mezzaluna Panoramica	8 - Mezza Torre
2 - Lancia di Fuoco	9 - Cripta Guscio
3 - Emporio di Myls	10 - Ingresso del Maniero
4 - Portale dei Golem	11 - Giardino del Maniero
5 - Arco dei Draghi	12 - Casa di Logren
6 - Casa di Miitha	13 - Orologio Segnatempo
7 - Asher	14 - Scala per Fiume degli Estinti

Quando Crios si alzò dal letto, era ancora nudo, ma il suo primo pensiero non fu di procurarsi una vestaglia: l'estate non era particolarmente afosa,ma il calore proveniente dal fiume di lava che scorreva nelle propaggini della Città Nuova di Muelnor non era piacevole come d'inverno.

Non se ne curò, perché era nervoso, si voltò verso il letto e rimase a fissare Siraia, le sue forme, il suo giovane corpo, che era per buona parte celato dalle lenzuola di lino.

Non si muoveva, sembrava morta, ma il movimento regolare del suo petto e il respiro sommesso,che solo il silenzio della notte poteva rivelare, era un chiaro segno che fosse viva, ma non stava dormendo, i suoi occhi erano spalancati e fissavano il soffitto.

Crios andò prima verso la porta, ma non l'aprì, si avvicinò il più possibile con l'orecchio per percepire il pur flebile rumore e solo quando fu certo che nessuno sarebbe venuto a disturbarlo, andò verso la finestra, che si affacciava sulla parte vecchia di Muelnor e scrutò attentamente la Mezzaluna Panoramica, studiando le persone che a quell'ora, appena dopo il crepuscolo, si avventuravano fuori dalle mura della Rocca con l'intenzione di recarsi al Tempio: poteva capitare, a volte, che ospiti di un facoltoso ceto sociale, appena arrivati a Muelnor, desiderassero vedere gli Oblati per giovarsi del loro prestigio, come se in qualche modo potessero cambiare in meglio la propria vita.

Distinse però soltanto le ronde della Guardia Cittadina e volti tipici del posto: proprietari delle botteghe che tornavano nelle loro case lussuose della Città Nuova, Adoratori in giro con i giovani Custodi e rari abitanti della Città Vecchia che si dirigevano nelle taverne più stimate dei quartieri delle Gilde Commerciali.

Fece un gran respiro, accorgendosi di aver inspirato come se avesse temuto di risvegliare una bestia posta a guardia della sua cella e diede un'occhiata alla sua stanza per sincerarsi che fosse in ordine.

L'aria profumava dei fiori lasciati nella vasca per il bagno, ma invece di andarci dentro, come faceva tutte le sere, quando si preparava a divertirsi con la Badante, recuperò i suoi vestiti da sopra la panca, ai piedi del letto, e li indossò.

Si avvicinò alla ragazza e con la mano le sfiorò la guancia sinistra; i suoi occhi verdi l'avevano rapito sin dal primo incontro e così i suoi lunghi e lisci capelli neri.

Gli Adoratori di Drelda l'avevano condotta a Muelnor la scorsa primavera e Crios gli aveva subito fatto la corte:le Ancelle del Servizio divenivano Badanti nel momento in cui venivano offerte agli Oblati per il loro piacere, ma solo quando si avvicinava il tempo della Trasfigurazione e, per Crios, si vociferava da un po', che fosse giunto il suo momento glorioso:quello di diventare Divoratore; lasciare l'involucro umano per indossare le vestigia dei massacratori di nemici Debenlore.

Siraia gli era stata donata senza grossi problemi, ma Crios aveva faticato a farsi apprezzare da lei e non perché non fosse bello:

il suo viso da eterno fanciullo era incorniciato da una criniera di capelli mossi dalla tonalità ambrata.

Le giovani Ancelle venivano spesso strappate alla povertà delle strade, veniva data loro una nuova possibilità quando si ritrovavano orfane, ma non era stato il caso di Siraia, lei non era come le altre, la sua pelle era curata e morbida, il suo corpo aggraziato e così i suoi modi di fare. La sua famiglia era caduta in disgrazia a causa di simpatie per i ribelli della Nuova Dottrina; i suoi genitori erano stati arrestati e gettati nelle Celle per la Rieducazione, il fratello era stato offerto ai Custodi del Tempo del Potentato di Drelda mentre lei era stata condotta lontano dalle persone che conosceva.

Durante il giorno Siraia lo accompagnava ovunque, si preoccupava di prepararglì il bagno la mattina e prima di ritirarsi nella sua camera; assecondava tutti i suoi desideri, le sue necessità. Prendeva nota dei suoi appuntamenti, avrebbe dovuto scortarlo insieme a un Adoratore fuori dalla Lancia di Fuoco, per le vie della città, ma in quel caso Crios preferiva sgattaiolare da solo fuori dal Tempio per andare a incontrare il suo migliore amico, Logren e con lui inoltrarsi nei boschi limitrofi.

Crios era un Oblato, non potevano punirlo, era un privilegiato e pochi, come lui, capivano che potevano approfittarne.

La notte Siraia era tutta per lui, o meglio, il suo corpo, perché le Badanti non ricordavano più nulla dal momento che gli Adoratori facevano indossare loro il Diadema del Ragno.

«Mettiti seduta» le ordinò e Siraia si tirò su, facendo scivolare via dal petto il lenzuolo che la copriva.

Dopo averle posto sul capo il gioiello che la rendeva completamente succube di Crios, gli Adoratori l'avevano svestita, l'avevano avvolta in una lunga veste dal tessuto pregiato e l'avevano condotta fino alla porta della sua stanza, consegnandogliela, come ogni notte, ma diversamente dalle altre notti, Crios non l'aveva ancora toccata e non l'avrebbe più fatto senza il suo consenso.

"Differentemente da quello che vuoi far credere, con quel tuo atteggiamento spocchioso, hai un cuore nobile" le aveva detto Siraia in uno degli ultimi incontri e Crios, fissando il vuoto ai piedi del letto, ripensò proprio a quel frangente.

Era accaduto in una giornata particolarmente calda, nella quale gli Oblati avevano avuto il permesso di trascorrere il loro tempo libero alle Sorgenti d'Ambra delle Gobbe d'Oro.

Gli Adoratori li avevano sorvegliati come sempre, per la loro incolumità, date le frequenti incursioni dei seguaci della Nuova Dottrina e, le Ancelle Badanti, dovendo occuparsi degli Oblati, erano state invitate a partecipare ai divertimenti.

Si erano gettati tutti nelle acque limpide dei laghetti dai fondali tinti dei colori delle rocce d'ambra e tra le risa, gli scherzi e i giochi sotto le cascate, Crios prima e gli Adoratori subito dopo, si erano accorti che Siraia non si era unita a loro, ma era rimasta seduta sulla sponda.

Gli Adoratori l'avevano subito assalita, strattonandola, intimandole di unirsi alle altre, e Crios era dovuto intervenire.

«Lasciatela stare, le ho ordinato io di non farsi il bagno!» aveva esclamato, mentendo spudoratamente e vedendola furiosa e ribelle, si era compiaciuto che avesse avuto luogo quella scena, potendo sfruttare l'occasione per guadagnarne la stima e conquistarla.

Gli Adoratori si erano allontanati senza lamentarsi e Crios aveva accompagnato Siraia lontano da tutti e vicino a una delle cascate più grandi, così che il suo frastuono potesse confondere il loro dialogo.

«Ti metteranno a pulire il fondo della Lancia, se ti ostini in questo modo» l'aveva avvertita Crios, adottando un tono di voce il più possibile autoritario.

«Meglio ancora se mi uccidono!» gli aveva risposto senza guardarlo negli occhi.

«Non è poi tanto male la vita delle Ancelle» le aveva detto, con un sorriso divertito, pensando a ciò che le accadeva la notte e Siraia l'aveva subito fulminato con un'espressione carica di risentimento, forse consapevole intimamente di ciò che poteva significare trovarsi al servizio del Tempio.

«D'accordo, scusa, hai ragione». In quel frangente Crios, oltre che sentirsi in imbarazzo, aveva provato per la prima volta una sensazione spiacevole: un senso di colpa.

Da quel giorno, ogni notte che gli Adoratori gli avevano condotto Siraia sotto l'influsso del Diadema, Crios non aveva più abusato di lei. Anzi, per non insospettire i loro vigilanti, la trattava male e ogni volta che con gli altri Oblati partecipava a gozzovigliate e sfrenatezze,le dava incarichi da svolgere per non mostrarsi troppo interessato o coinvolto emotivamente.

Si giustificava con i suoi compagni dichiarando che si sarebbe rivalso con lei la notte, seppure la realtà fosse ben diversa.

Poi un giorno, ritrovandosi a parlare con Firial, di ritorno dalla Mezza-Torre, lungo la passeggiata della Mezzaluna Panoramica, gli era balenata in mente un'idea: Firial era stata la Reverenda Levatrice dell'Asher, prima che fossero gli Adoratori a selezionare gli Oblati per la Trasfigurazione in Divoratori e seppure non si occupasse delle faccende del Tempio, sicuramente doveva essere a conoscenza dei poteri dei cultori di Navek, soprattutto quelli legati all'asservimento incondizionato delle Ancelle.

«Firial, tu non amministri più il potere dell'Haorian, come gli Adoratori, non è così?» aveva esordito.

«Ti sbagli, mio caro».

Firial, oltre a essere stata la sua Levatrice, era diventata la sua tutrice, l'ala protettrice contro tutti i suoi capricci. Crios approfittava della sua influenza per fare tutto ciò che voleva; in cambio Firial gli chiedeva solo un po' di calore e attenzioni per il suo corpo ormai fin troppo decrepito.

«Davvero? Vuoi dire che ti è ancora concesso di usare la magia?» insistette, ben sapendo dove voleva andare a parare.

«Ma certo!Il fatto che non disponga più del fato degli Oblati non significa che abbia dimenticato come incanalare la magia» e aveva fatto una pausa per studiarlo. «Perché, di cosa hai bisogno?».

Gli occhi di Firial gli ricordavano quelli delle tartarughe giganti, enormi e infossati e le sue labbra, grosse e sformate, quelle dei rospi più disgustosi delle paludi del sud. «Tu sapresti dunque come fare per incantare le persone, che non siano Ancelle, per… per…».

«Ho capito tutto! Hai messo gli occhi su una donna e vorresti…».

«Sì, esatto!» le disse, anticipandola, sperando che nel contempo non si dimostrasse gelosa.

«In questo caso non ti serve la magia» aveva dichiarato, solennemente.

«No?».

«No!».

«E allora?» l'aveva incitata, sbarrandole la strada come avrebbe fatto un bambino capriccioso.

«Devi recuperare un Diadema del Ragno, ma non ti sarà facile ottenerlo da un Adoratore e io non posso procurartelo» gli aveva risposto, eccitata, prima spalancando ancora di più gli occhi, poi socchiudendoli mentre allargava la linea del suo sorriso.

Crios aveva sbuffato e le aveva tolto lo sguardo di dosso, come se le volesse dimostrare tutta la sua delusione.

«Ma puoi sfilarlo a un'Ancella» aveva poi esclamato, sempre più divertita.

«Davvero posso? E come?».

«Puoi sfilarglielo semplicemente sollevando verso l'alto le zampe posteriori del ragno, ma ricordati che avrai poche ore prima che l'Ancella si svegli e che, presumibilmente, si metta a gridare, ritrovandosi nuda nella tua stanza».

«Poche ore… mi basteranno! Grazie!» aveva riflettuto ad alta voce.

«Ma quando avrai finito, passa da me, promettimelo!».

«Certo Firial!» ma le aveva risposto solo per tenersela buona.

La sua intenzione non era di divertirsi con altre donne, Crios desiderava liberare Siraia per poterla conquistare come facevano tutti gli amanti veri. Ma prima di attuare il suo piano doveva riuscire a conquistare la sua piena fiducia e quest'occasione gli si presentò la sera stessa che aveva parlato con la Reverenda Levatrice:gli Adoratori avevano dovuto chiudere il fuoco che fuoriusciva dalla Lancia per risolvere un gravissimo problema che si era presentato appena dopo il crepuscolo e Crios ne aveva approfittato per condurre Siraia sul tetto del Tempio, e strabiliarla con qualcosa di davvero speciale.

«Vivere nella Lancia non è soltanto un privilegio» aveva esordito, mestamente, attirando subito la sua attenzione, che era stata rapita dalla statua del Viaggiatore dalle vesti fluenti, che li sovrastava. «Essere un Oblato… sapere ciò che diventerai un giorno... non si hanno amici veri e si rischia a volte di cadere nella disperazione».

Sulla sommità della Lancia, quella sera,aveva spirato un venticello gradevole, la Città Vecchia era apparsa alle loro spalle come un mostro scuro con tanti occhi, mentre lo spettacolo della pianura che precedeva la vicina Foresta d'Argento, era stato suggestivo e propizio, con i profumi dei fiori d'ambra e i colori del manto arboreo simili ai riflessi di un gioiello prezioso.

«Cercando un rifugio dai miei mostri,mi ritrovai quassù e alzando lo sguardo al cielo, lei era là».

«Che cosa?».

«Hinua, la Luna d'Argento».

«E certo, dove volevi che si trovasse?» gli aveva detto, sorridendo divertita, giocando teneramente con lui.

Crios l'aveva fissata con indignazione, ma subito aveva sorriso anche lui.

«Qualche tempo fa, gli Esploratori dell'Ordine del Puntale, catturarono un Debenlore proprio nelle nostre foreste; lo condussero nelle Celle del Tempio per torturarlo e fargli rivelare il motivo per cui si era inoltrato così vicino ai potentati degli uomini» aveva iniziato a raccontarle.

«Come fai a sapere queste cose, che dovrebbero essere segrete?» gli aveva domandato lei, pienamente coinvolta dalla storia.

I Debenlore erano i nemici degli uomini, la loro razza ai primordi aveva le ali per volare e usava prodigi simili alla magia dei Maghi Nirb dunque, erano un argomento che catturava sempre la curiosità di chi ne sapeva ben poco.

«Ho la mia fonte e riesco sempre a ottenere ciò che voglio» le aveva risposto, gonfiando il petto per rubarle un altro sorriso.

«Davvero?» ed era arrossita.

«Sicuro».

«E lo hai scoperto, il motivo?».

«Purtroppo no, mi rivelò soltanto una cosa, che mi rimase impressa» e si era fatto subito serio. «Prima di morire voleva rivedere Hinua».

«E perché?» gli aveva chiesto Siraia, divenuta all'improvviso triste.

Prima di risponderle, Crios aveva diretto lo sguardo verso l'astro luminoso. «Sapeva che lo avrebbero ucciso e desiderava consegnare alla luna il suo spirito».

Siraia aveva pianto e Crios l'aveva stretta forte a sé.

In quel frangente aveva provato una sensazione piacevole, che però non aveva saputo definire.

A quel punto doveva soltanto prepararla; aveva aspettato il giorno successivo e prima del tramonto, il momento in cui lei sarebbe andata nella sua stanza per predisporgli il bagno caldo, aveva trovato la circostanza e il luogo propizio per avvertirla: il refettorio.

Oblati, Custodi e Ancelle, si ritrovavano sempre insieme durante i pasti, in una sala immensa,sorvegliata dagli Adoratori, ma anche dalle statue di metallo dei mastodontici Esaminatori, che erano le raffigurazioni dei Tre Antichi, venerati dagli uomini. Li scrutavano dai tre angoli della stanza, ognuno di essi portava tra le mani il simbolo del loro potere: Alvanor, una sfera d'onice, Narsek, una spada dalla lama curva e seghettata e Navek una lunga catena uncinata.

«Mentre eri a divertirti con la tua Badante» aveva esordito uno dei suoi compagni di fato. «Ti è venuto a cercare quel nullafacente di Logren».

E al sentire quel nome avevano preso tutti a ridere forte.

«Forse spera di sfruttare la tua amicizia per guadagnarsi un posto dignitoso nel mondo» e avevano continuato a deriderlo, tra sberleffi e risa.

Crios aveva preferito non ribattere, sarebbe stato inutile cercare di farli smettere, purtroppo Logren era davvero un inutile Figlio di Terza Generazione, anche se Crios gli voleva un gran bene.

Li aveva così lasciati a burlarsi di Logren e ne aveva approfittato per parlare indisturbato con Siraia, che a differenza delle altre Ancelle Badanti, non prediligeva di conversare con loro degli argomenti futili e sciocchi ai quali sembravano tanto affezionate.

«Vorrei avvisarti di una cosa» aveva esordito.

«Di cosa?» gli aveva chiesto, mostrandosi all'improvviso spaventata.

«Non allarmarti, non è nulla di terribile» aveva provato a rassicurarla.

«Ti hanno scelto per la prossima trasfigurazione?» aveva ipotizzato, sembrando ancora più preoccupata.

«No».

«Hai deciso di cambiare Badante?» lo aveva incalzato, palesandosi indispettita.

«No, fammi parlare». Aveva dovuto interromperla, sinceramente un po' in difficoltà per quello che avrebbe voluto dirle.

«Stanotte ti ritroverai all'improvviso in un luogo che non ti aspetti, ma non spaventarti e soprattutto, non urlare. Me lo prometti?».

Siraia aveva annuito, divertita, forse pensando a uno scherzo, ma Crios aveva sperato sinceramente che lo avesse preso sul serio.

E ora stava per risvegliarla.

Ci sarebbe voluto un po' prima che tornasse cosciente, ma la notte era ancora lunga.

Le appoggiò una mano sulla spalla e con l'altra sollevò prima una zampa e poi l'altra del diadema a forma di ragno, che sembrava avvinghiato ai capelli della ragazza.

Come sollevò l'ultima zampa, gli occhi del ragno emisero una luminescenza rossastra e il diadema venne via senza alcun impedimento.

Crios si sentì esaltato e timoroso allo stesso tempo: che le avrebbe detto? Perché lo aveva fatto?

Una risposta vaga ce l'aveva, ma forse sarebbe stata poco convincente.

Ormai era troppo tardi per ripensarci e nell'attesa, preferì focalizzare i suoi pensieri su ciò che poteva significare il poterle parlare, nelle notti future, in tutta libertà.

Avrebbe avuto una complice, una vera amante, alla quale rivelare tutti i suoi segreti, cose che nemmeno il suo migliore amico avrebbe potuto comprendere, verità sconcertanti legate al mondo dei Divoratori.

Attese per parecchio tempo, durante il quale rimase a rimirare la sua bella compagna e quando la vide socchiudere gli occhi, le si avvicinò con cautela per non disturbarla e fece per dirle qualcosa quando con un'azione repentina e brusca qualcuno spalancò la porta della sua stanza e Crios vide entrare quattro Adoratori accompagnati da un nano dalla pelle nera come la notte, il Guardiano delle Celle per la Rieducazione.

«Che cosa sta succedendo qui?» domandò il nano infido.

Come avevano fatto a scoprirlo?

Che li avesse avvertiti Firial?

Non aveva senso!

Siraia era confusa e sotto shock.

«Portatela via!» ordinò il nano e due Adoratori si avventarono sulla ragazza, trascinandola giù dal letto.

Crios provò a scagliarsi su di loro ma uno degli Adoratori gli afferrò la spalla mentre salmodiava parole di un sortilegio; dalla sua mano scaturirono dei bagliori bluastri e Crios si piegò a terra, tra forti dolori lancinanti per tutto il corpo.

«Crios!» gridò Siraia, trascinata sul pavimento, ancora nuda, con lo sguardo terrorizzato e implorante.

«Siraia!» invocò Crios, mentre si contorceva a terra, come un verme al quale avessero schiacciato la testa. «No!» gridò ancora, ma già Siraia veniva condotta fuori dalla stanza, ammutolita.

Andarono via tutti, rimase infine solo Crios insieme al nano, che lo fissò intensamente un istante prima di confondersi con l'oscurità del corridoio alle sue spalle.

L'ultima cosa di lui che distinse furono i suoi occhi piccoli e gialli, dopodiché perse i sensi.

Quando si riebbe, fuori era già alto il sole e nella sua stanza Crios scorse un'ombra che si stagliava sul letto e sul pavimento.

Si voltò verso la finestra per cercare di identificare chi fosse, sperando di vedere Siraia, ma non ci riuscì: la luce era troppo forte.

Percepì il suo odore e non era fresco e invitante come quello della sua bella Badante.

«Caro ragazzo, ma che mi combini?» esordì Firial, spostandosi per coprire la luce.

«Ho seguito le tue istruzioni, cosa hai omesso di dirmi!?» inveì, sottolineando le ultime parole con la ferocia tipica di un Divoratore.

«Che gli Adoratori ti tenevano d'occhio già da un po' di tempo, ma ti assicuro che non ne sapevo nulla».

«Dimmi la verità!» le ordinò, non riuscendo ancora a scrutarla negli occhi per intuire se mentiva.

«I Diademi del Ragno sono artefatti costruiti dai nani delle Torri di Nerval e prima ancora degli Adoratori è Londbran, il Guardiano delle Celle, che ne ha il controllo. Se tu l'avessi usato per abusare di una nobildonna inconsapevole, nessuno sarebbe venuto a disturbarti!» lo ammonì severamente.

«La uccideranno?». Crios preferì cambiare discorso e ammorbidì il tono della sua voce.

«Non parlare a nessuno di quel che è successo, ne andrà della loro incolumità. Stai tranquillo per Siraia, dato che ho anch'io un po' di colpa in questa faccenda, non la uccideranno, ma non sarà più la tua Badante».

Crios trasalì, al pensiero dei fastidi che avrebbe causato alla ragazza e subito riacquistò la sua sfrontatezza.

«Allora esci da qui! Non voglio vedere nessuno!» le ordinò e Firial uscì dalla stanza senza fare commenti, fissandolo con un sorrisetto deliziato.

I suoi pensieri andarono subito a Siraia, gli era stato proibito di parlarle, di spiegarle, ma nessuno poteva impedirgli di vederla, di provare a comunicarle con lo sguardo tutta la sua amarezza, il dispiacere.
All'improvviso udì un suono greve, come un richiamo dall'oltretomba.
"Il refettorio" si disse.
Era l'ora del pasto giornaliero!
Si rivestì in fretta, cercò di darsi una sistemata ai capelli,bagnandoli con l'acqua nel bacile che stava vicino alla finestra, lasciò la camicia di seta fuori dalle brache per darsi un'immagine aitante e uscì sul corridoio che portava alle balaustre della Lancia.
Si ritrovò immerso nelle particelle incandescenti rilasciate dal condotto centrale, a indicare che il danno dei giorni scorsi era stato riparato.
Quando si affacciò verso il fondo, la sua prima preoccupazione fu di individuare la presenza di qualcuno, possibilmente proprio Siraia, ma dal punto dove si trovava non riu-

sciva a vedere neanche l'ingresso delle Celle per la Rieducazione.

Si sporse più che poté, ignorando i numerosi giovani Custodi e Adoratori che dai ponti sottostanti già si avviavano verso l'ingresso del refettorio, ma non riuscì a vedere di più.

Era sicuro che non l'avrebbe trovata con gli altri nella sala triangolare, aveva questo presentimento, almeno non quel giorno; potevano averle affidato dei compiti sgradevoli per intimorirla, forse pulire nelle cucine o affiancare gli addetti ai tubi del recupero dei gas del vulcano; la peggiore delle ipotesi era che l'avessero rinchiusa in una delle Celle,ma in quel caso non sarebbe riuscito a vederla tanto facilmente.

«Posso entrare nella sua stanza per pulire?» gli chiese qualcuno alle sue spalle.

«Certo, vai pure!» rispose Crios, infastidito.

«Differentemente da quello che vuoi far credere, con quel tuo atteggiamento spocchioso, hai un cuore nobile» gli disse ancora la voce alle sue spalle e Crios raggelò e non perché sapeva che ad averle pronunciate era stata sicuramente Siraia, ma perché non l'aveva riconosciuta.

Crios si voltò lentamente e quando la vide impallidì: davanti a lui c'era una signora in età molto avanzata, almeno ottantenne, con lunghi capelli stoppacciosi, la pelle incartapecorita e macchiata, perfino peggiore di Firial, ingobbita e con il respiro fievole.

«Siraia…». Di lei riconobbe soltanto gli occhi verdi.

«Crios…» gli sussurrò, trattenendo a stento le lacrime.

«Che ti han…» s'interruppe, avvicinandosi per accarezzarle il volto. «Che ti ho fatto?» si corresse, ma Siraia si ritrasse, abbassando il volto, vergognandosi.

«Hanno usato la magia di Navek su di te, ti hanno invecchiata, bastardi!» inveì, fissando l'accesso alle Sale degli Adoratori, visibile appena, situato più in alto del punto in cui si trovava ora.

«In queste condizioni, non vivrò a lungo, sono stata fortunata» dichiarò, affranta.

«Ma non morirai qui!» le disse, guardandosi intorno per sincerarsi della situazione.

«Che vuoi fare? L'uscita è sorvegliata dagli Adoratori» gli fece notare Siraia.

«Non usciremo dall'alto» le anticipò, fissandola con determinazione, per infonderle coraggio.

«Cosa?» gli rispose, dubbiosa.

«Come credi che riesca a uscire dalla Lancia senza farmi scoprire?» le disse, strizzando l'occhio destro.

«Ma non so se ce la faccio!» si lamentò Siraia.

«Ti prenderò in braccio quando sarai esausta». L'afferrò per la mano e quando avvertì la rugosità della sua pelle e soprattutto la fragilità del suo corpo, si sentì avvampare ancora più di collera nei confronti degli Adoratori.

«Ma dove mi porterai? Chi si prenderà cura di una povera ve…».

Crios le pose l'indice e il medio della mano destra prontamente sulle labbra per impedirle di finire l'ultima parola e le disse: «Non preoccuparti, vieni, questo è il momento più propizio» ed era vero, perché si trovavano già quasi tutti nel refettorio.

Scesero fin sul fondo della Lancia, dove il tubo d'acciaio centrale che trasportava il calore in tutte le aree del Tempio si divideva in una raggiera di condotte più piccole che, scendendo sulle pareti, s'infilavano nel pavimento.

Aveva dovuto faticare parecchio per arrivare fin là con Siraia, soprattutto con il timore sempre crescente che qualcuno li individuasse o che si mostrasse fin troppo curioso sulla loro destinazione, ma sembrava che ce l'avesse fatta.

Crios alzò lo sguardo verso l'alto, scorgendo l'approssimarsi di una pioggia di scintille fiammeggianti liberatesi dal condotto centrale e, senza preoccuparsene più di tanto, aiutò Siraia a scendere i gradoni dei cerchi concentrici che culminavano in una botola rialzata; come l'ebbero raggiunta, Crios l'aprì e fece scendere Siraia per prima, per poi seguirla e richiudere il passaggio sulla sua testa.

In fondo partiva un passaggio che gli addetti al riscaldamento delle stanze del Tempio usavano per effettuare lavori di manutenzione.

L'illuminazione era assicurata da lanterne Nirb contenenti Pietre Lunari, la cui durata era pressoché eterna.

Crios si avventurava in quei luoghi scuri e con l'aria quasi completamente irrespirabile ogni volta che voleva restare da solo.

Scendendo sempre più in profondità, era riuscito a raggiungere perfino il baratro dal quale si accedeva al fiume di lava che scorreva sotto Muelnor, ma non era quella la direzione che avrebbe intrapreso per uscire dal Tempio.

«Ho dolori dappertutto, non sono sicura che riuscirò a proseguire ancora per molto».

«Devi farcela!» le gridò, sentendosi subito in colpa, ma consapevole che non l'avrebbe mai riportata indietro.

Iniziarono a procedere lungo il tunnel, ma a causa del calore rilasciato dalle pareti, cominciarono a respirare con un notevole affanno e Crios temette di vedere Siraia svenire da un momento all'altro. «Resisti, non manca molto». Sbollita un po' l'ira, iniziava a considerare il fatto di essere stato troppo avventato;gli Adoratori le avevano portato via almeno sessant'anni di vita, in una manciata di ore; Siraia non era più neanche l'ombra di ciò che era stata.

Per la prima volta Crios si ritrovò a chiedersi cosa provassero i giovani Custodi quando subivano quel trattamento;gli Adoratori usavano il loro tempo per combattere ma anche per altre cose: consumando la loro vita potevano svolgere,in cambio, lavori di mesi, di anni e giorni, in poche ore. Ma cosa poteva comportare per il loro corpo e la loro mente un cambiamento così repentino? Fino a quando non aveva visto Siraia col suo nuovo aspetto, ciò che operavano gli Adoratori era stata per lui un'attività più che scontata, non si sarebbe mai scandalizzato o sorpreso. Che gli stava succedendo?

A quel punto fu spontaneo chiedersi che ne avessero fatto del tempo rubato a Siraia.

Per cosa era servita la sua giovinezza? Non glielo avrebbe mai chiesto, ma lo avrebbe scoperto senz'altro!

Attraversarono un corridoio fiancheggiato da tunnel chiusi da spessi lastroni di cristallo e giunsero dinanzi alla Porta dei Guardiani del Fuoco, oltre la quale si accedeva al sotterraneo del Tempio.

Parlando con i Mastri Minatori, che erano Iriniani Custodi delle Lapidi, ormai troppo consumati per offrire la loro vita ai Dormienti, aveva appreso che i lastroni, così come la Porta dei Guardiani, potevano essere attraversati appoggiando sulla loro superficie i tre animali di metallo che erano conservati in un braciere accanto alla Porta.

Crios li recuperò: un pipistrello, un ragno e uno scarafaggio e li pose sulla lastra più vicina, formando con ogni creatura i vertici di un triangolo.

Davanti ai loro occhi la lastra di cristallo divenne come un velo di nebbia.

«Vieni Siraia, appena entrati avvertirai appena un po' più di caldo, ma ben presto sentirai un bel refrigerio» le spiegò, vedendola ansimare, appoggiata alla sua spalla.

«Non preoccuparti, sto gelando» gli rispose.

«Andiamo» la incitò, con un'apprensione crescente.

Attraversarono il passaggio senza il minimo sforzo e si ritrovarono in un tunnel stretto, con tubi di metallo sopra la testa, travolti ogni tanto da sbuffi di vapore, costretti a tapparsi la bocca con le mani per non respirarli, tossendo ogni volta quando non potevano farne a meno.

Non c'erano lanterne, eppure una luce soffusa rendeva agevole il cammino.

A Crios non era mai importato di dover sopportare quel genere di fastidi e inoltre sapeva che nessuno arrivava fin laggiù tanto spesso, potendo così uscire e rientrare senza mai essere visto o scoperto, ma forse per Siraia potevano risultare un impedimento serio.

Molto presto l'aria cominciò a divenire più fresca e respirabile e anche Siraia comprese da dove proveniva la luce quando iniziò a delinearsi l'uscita, un'apertura di sicurezza per i gas.

Crios si sincerò che Siraia si sentisse meglio e, sorridendole con entusiasmo, la invitò a tenersi alla parete più vicina. «Aspettami qui, devo essere sicuro che l'uscita sia libera».

Non temeva di trovare Custodi di guardia, né di essere scorto, una volta fuori, ma poteva trovare dei Berghir appollaiati e oltre che rischiare di essere attaccati da quelle bestie moleste, il loro strepitare impazzito poteva attirare l'attenzione di sguardi infidi ed essere traditi.

Si sporse oltre l'apertura e fu più che lieto di non vedere nessun uccellaccio.

Subito a destra c'era la passerella che li avrebbe condotti fino al punto dal quale scendere per raggiungere uno dei ponti più vicini alla Lancia.

«Cadrò» dichiarò Siraia, che nel frattempo si era avvicinata.

«Sono abbastanza forte, non temere» le rispose il ragazzo, sicuro di infonderle fiducia.

Siraia annuì, titubante, con le gambe che le tremavano, ma si affidò comunque a Crios, che le prese la mano e iniziò ad andare avanti, guidandola, volgendo la schiena alla città.

«Non voltarti, procedi fissando la parete della Lancia» le suggerì, iniziando a sentirsi più sicuro di quello che stava facendo.

Così in basso rispetto all'altezza vertiginosa della Lancia di Fuoco non spiravano venti troppo forti, ma sarebbe bastato poggiare un piede in bilico per precipitare direttamente nel fiume di lava che scorreva oltre il vuoto.

«Crios…» esordì all'improvviso Siraia.

«Cosa?».

«Aspetta» lo implorò la donna, bloccandosi.

«Potrebbero vederci, dobbiamo sbrigarci» le intimò, cercando di non mostrarsi ansioso, ma Siraia gli lasciò la mano e si voltò, poggiando le spalle alla torre.

«Che vuoi fare?» la interrogò Crios, fissandola intensamente.

Tutto intorno si vedevano le Case delle Corporazioni Commerciali, i Palazzi dei Nobili di Muelnor, il tutto inframmezzato da ponti, scale e balaustre, in un caos vertiginoso.

«Quello laggiù è il Fiume degli Estinti, vero?» e nell'indicargli la lingua di fuoco che serpeggiava tra i fumi rossastri si spostò di un passo da Crios. «Ne avevo sentito parlare, è là che gettate i vostri morti?».

Crios avvertì un improvviso timore lacerante. «Siraia, andiamo, dammi la mano» la implorò.

«Che vita mi aspetta ovunque tu voglia portarmi?» gli chiese.

Crios raggelò. «Siraia, non vorresti tornare a Drelda, a casa tua? Non hai amici laggiù che potrebbero ospitarti?». Non poteva davvero pensare di farla finita con la sua vita.

Siraia invece non staccava lo sguardo dalla voragine.

«Amici… casa mia. Crios…» e pronunciando il suo nome si voltò verso di lui, con le lacrime agli occhi.

«Siraia…» le sussurrò, porgendole la mano.

«Quando il calore della Lancia di Fuoco scalderà le tue notti, ricordati della parte più bella di me che hai tentato di salvare. Ti ringrazio» disse solamente e si lasciò andare nel baratro.

«No...». Crios ebbe l'impressione che una parte di lui se ne andasse via con lei.

Rimase a guardarla volare libera finché le nubi di gas non l'ebbero inghiottita.

Ora sapeva a cosa era servito il suo tempo, la sua vita; il problema della Lancia era stato risolto in maniera troppo repentina e nel migliore dei modi.

Crios non pianse, ma dentro di sé il risentimento verso coloro che si reputavano suoi educatori, era mutato in odio. Il giorno che sarebbe diventato un Divoratore, avrebbe trovato il modo per vendicarsi.

Appendice 1
"Qualcosa sul mondo di Arbor"

Arbor… è il Continente delle grandi foreste, delle vette imponenti; la sua magia è un sussurro lieve sospirato da Fate Argentee, è una promessa romantica portata dai venti sulla scia delle verdi Fate del Muschio. Ma è anche rifugio di fosche tenebre, di agghiaccianti creature spettrali e misteri innominabili.

Il contrasto tra l'amore, la poesia, le storie travolgenti dei suoi eroi e l'odio, l'angoscia, le rovinose tragedie di quanti abbracciano vie più seducenti, riporta l'eco di una sfida ancestrale fra Bene e Male; induce a riflessioni profonde sull'evoluzione delle razze e culmina in sfide così travolgenti da far vibrare il cuore.

Per meglio interpretare le origini d'ogni storia di questa terra incantata, bisogna tornare indietro nel tempo, in un'epoca persa nella memoria delle più antiche leggende: nell'Universo esisteva un unico grande Sole, splendente e radioso, la sua luce, il suo calore, costituiva l'essenza della vita. La sua magnificenza era l'espressione visibile e tangibile del Dio Creatore e i soli che potevano contemplarlo erano gli Angeli.

Tali figure, pure essenze, prive di lineamenti fisici caratteristici, non erano regolate da nessun sistema gerarchico; nessuna legge e ordinamento disciplinava il loro operato. Gli Angeli rispondevano unicamente al comando imperioso dell'amore. Man mano che le ere celesti si susseguivano e che gli angeli raggiungevano i confini più lontani dell'Universo, fu scoperta l'esistenza di un luogo abitato da presenze ostili e malvagie, le tenebre generate dall'assenza di Luce. L'esperienza che riportarono gli Angeli condusse alla necessità di istituire il Primo Consiglio Angelico. A nulla valsero gli avvertimenti e gli inviti alla prudenza da parte dei Messaggeri del Creatore; numerosi Angeli, lasciatisi coinvolgere dalla grandezza del compito da svolgere, partirono per raggiungere il *reame dell'eterna notte.*

Nessuno seppe cosa trovarono, ma al loro ritorno, l'innocenza delle loro essenze era stata corrotta; divenuti superbi e pervasi da un nuovo potere, gettarono nell'angoscia l'intero Ordine Angelico; cominciarono a crearsi un sole proprio, nero e freddo, capace di spandere ovunque solo tenebre, desolazione e paura.

Lo scontro fu inevitabile e perdurò per ere infinite; la Luce contro le Tenebre, fratelli contro fratelli.

Il Creatore non pose mai fine a questo conflitto nel modo che tutti si aspettavano, non avrebbe mai abbandonato le sorti dei suoi Angeli.

Il conflitto ebbe termine con la distruzione del Sole Nero. Un acuto stridore si diffuse dolorosamente nel silenzio dell'Universo e i Frammenti del cupo astro furono sparsi ovunque.

Uno di quei pianeti che assistette al Crepuscolo dell'Eterna Notte fu Hormon. Il Frammento che vi precipitò si spaccò in due parti ed entrambi sprofondarono nel continente di Arbor.

Il Sole Nero, in quanto essenza di puro male, con una propria coscienza, bramava intanto di ricomporsi e il corpo principale rimasto nello spazio animò i Venti Stellari per sondare il Creato alla ricerca dei vari Frammenti perduti.

Il Creatore generò su Arbor i Sidenlore, i suoi figli prediletti e li fece abitare nella Foresta d'Argento; avevano lineamenti e tratti gloriosi, un aspetto imperioso e possente. Si muovevano eretti sulla terra e potevano volare nel cielo grazie ad ali lunghe e piumate come quelle degli uccelli.

Il Creatore si rivelò ad alcuni prescelti, li istruì sul destino di Arbor e offrì loro la sua Alleanza.

I Sidenlore risposero cominciando la costruzione della Città Madre: Irshan, proprio sopra uno dei due Frammenti, assumendosi l'incarico di vigilare sui suoi influssi e impedire una sua eventuale ascesa nello spazio.

I Frammenti, nel frattempo, non ancora controllati dal potere dei Sidenlore, richiamarono in soccorso gli Antichi, che costituirono due regni, uno in prossimità di Irshan e l'altro a sud di Arbor.

Quando la Città Madre fu ultimata e vennero posti i Quattro Sigilli Elementali intorno a essa, gli Antichi del nord avevano già definito le basi per la Prima Guerra delle Bestie; apparsi fra le montagne di Etherya, che era il regno del male del nord, i Velkron,feroci creature alate,dilagarono come uno sciame di insetti verso il sud e penetrarono nel cuore del regno dei Sidenlore per devastarlo. Ogni meraviglia, ogni massima espressione d'arte fino ad allora raggiunta dai Lore, fu offesa e cancellata dalla furia e brutale violenza dei Velkron. Ma i Sidenlore ebbero comunque la meglio e dopo circa duemila anni di ostilità si guadagnarono un relativo periodo di tregua.

Il secondo Frammento, caduto in una regione paludosa situata a sud-ovest di Arbor, formato il suo esercito di Piante Mutanti, guidato dagli Antichi del sud, scatenò la Seconda Guerra delle Bestie ed essendo già i Sidenlore duramente provati, il Creatore affidò ai Mistici il compito di arginare la nuova ondata di malvagità.

I Mistici abitavano Hormon già prima dei Sidenlore e per quanto si presentassero con tratti riconducibili al mondo animale, la loro essenza era molto affine a quella degli Angeli. Tra pause più o meno lunghe, il conflitto durò altri diecimila anni; le perdite furono paurose e drammatiche e senza un evento determinante si affacciò il rischio di un annientamento globale delle razze e della vita su tutta Arbor.

Due Sidenlore allora, votati al sacrificio eroico, pervasi d'amore l'uno per l'altra e per tutto il meraviglioso mondo che avevano imparato a conoscere, partirono per raggiungere i Boschi di Etherya e provare a distruggere l'Antico del Nord.

Portarono con loro il Manto Sacro della Vita, un artefatto sacro ancestrale: i primi Sidenlore erano stati generati da una nube di luce e una volta compiuto tale miracolo, la nube si era deposta sui loro corpi sottoforma di un manto incantato.

Confidando nel potere divino del Manto, i Sidenlore credettero di poterlo usare contro la causa di tanto spargimento di sangue, ma riportarono soltanto un'amara sconfitta, perdendosi tra i ghiacciai del regno malvagio del nord.

Venne così il tempo della Guerra delle Anime, con il tradimento di Nhea, che era una dei Dieci Paladini di Irshan, l'annientamento del potere della Corona delle Rose e la comparsa di una nuova razza: l'Uomo.

Finito di stampare nel mese di Dicembre 2017
per conto di Youcanprint *Self-Publishing*